Le Petit Prince

前　言

搞——砸——了。

這三個字用來形容一場徹底的失敗。我搞砸了偉爾特學院的入學考試，那是城裡最好的學校……這所學校會為我打開那些很棒大學的大門，可以讓我將來完成很棒的學業，變成一個很棒的人……

可是我搞砸了。

然而，之前的每天晚上，媽媽都要我一再重複回答那個大問題：「妳具備了哪些特質，讓妳有資格進入偉爾特學院？」我準備了一

3

段、有三點的答案，我將其牢記在心。

　　當他們叫到我的號碼 017 的時候，我被那間陰暗的大廳及那五位穿著西裝、臉色比大廳還更陰暗的主考官給震懾住了。

「您好，小姐。我們手上有妳從幼稚園以
來的成績單。很優秀。」
　　我露出微笑，但是沒有露出太多牙齒，就
像媽媽給的建議那樣。

主任直直望進我的眼睛。

「我們想要問妳一個簡單的問題。妳將來想要做什麼？」

那個大問題。就是那個大問題。我非常專注地背誦起來，還數著我的手指頭。

「喔，顯而易見啊！答案有三點。我有資格進入偉爾特學院，因為，第一，跟所有偉爾特學院的學生一樣，我很聰明。第二……」

他咳了一聲。

「小姐……嗯……我再重複一次我的問題：妳將來想要做什麼？」

我又重新開始，這次的音調比較高。

「喔，顯而易見啊。答案有三點。我有資格……」

他又咳了一聲。我抬起頭來，這才終於注意到母親在大動作的和我比手勢，還有主考官們愣住的樣子。我開始結巴起來。

「我有資格……有資格……可以請您再說一次問題嗎？」

　　「可以……妳將來想要做什麼？」

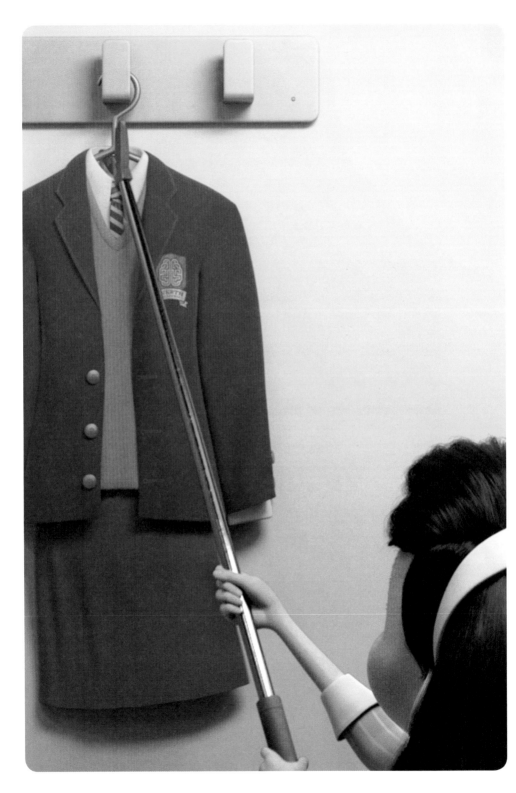

第一章

　　媽媽要我放心。她還有一個 B 計畫。我想我們可以說媽媽是個很棒的大人。她在一家很棒的公司裡擁有一份很棒的工作。而且她會花時間預先想好一堆 A 計畫……甚至也有一堆 B 計畫，萬一真的需要，還有 C 計畫。

　　放長假的第一天，她就在我坐上車時宣布：「我們搬家吧！親愛的。我在偉爾特學院旁找到一間房子。他們一定得收妳，因為那是他們的學區。」

　　我們穿過了城市。窗外不斷閃過一棟棟灰

色建築物，裡面有一些穿著灰色西裝的大人正在忙碌。我們經過了偉爾特學院的門口，還有學校那些被圍在灰色圍牆裡的灰色建築物。然後便抵達了我們的新社區：幾條新房子林立的街道，一棟棟灰色小方塊，全都長得一模一樣。我們家是這塊住宅區裡的最後一棟房子。旁邊聳立著一間歪歪斜斜、藍白色系的老舊破房子。長春藤一路攀爬至屋頂，然後在高高的屋頂上，有一只土耳其藍的風箏在旋轉，周遭滿是鴿子！

　　下車時，媽媽扮了個鬼臉。看來那些鴿子

似乎令她十分擔心。

　　至於我呢，擔憂的則是另一件事。我們把箱子搬下車時，我問：

　　「媽媽，妳真的認為我有資格進入偉爾特學院嗎？既然我都……嗯……搞砸了面試。」

　　「沒問題的。就算妳還沒有達到必要的水準，妳還有五十三天可以達成目標。我全都預先想過了……」

　　她用很戲劇化的動作指向了一個吸滿磁鐵的巨大告示板。她利用一根棒子示範給我看。

　　「這張告示板要從下往上、從左往右讀。

妳整個人生的每一天、每個小時都被詳細地標示在上面，連同妳未來兩年應該要做的所有事情。我們從明天早上開始：七點五十五分，起床。八點，吃早餐。八點二十分，刷牙。八點三十分，算數……」

「哇！」我驚訝地倒抽一口氣。

「對啊，我把它命名為妳的『人生計畫』。我們從現在開始，任何事情都不要隨便放過。妳就要變成一個很棒的大人了，親愛的。」

「好的，媽媽。」

「好，很抱歉，可是我必須去上班了。把

箱子裡的東西拿出來放好。把制服掛在衣架上。所有事情都已經標示在妳的人生計畫上了，好嗎？」

「好的，媽媽。」

「晚上見了！」

說完這句話，她就走了。而我呢，我依然站在那個人生計畫前。它是那麼的大！它是那麼的灰！

突然間，我聞到一股奇怪的味道……一股汽油味。

我跑了出去。一陣震耳欲聾的轟隆聲把我嚇了一大跳。

「啪啦咚！」

我在最後一刻躲了開來。一個飛行物體全速劈開了圍籬——咻！——它貫穿了我們家的牆壁——哐噹！——最後墜落在我那美麗的人生計畫上。砰！

「喔，不！」

客廳正中央，有個老舊的飛機螺旋槳還在

緩緩地旋轉，就在滿地散落的磁鐵當中……

晚上，媽媽回來時，她發現我坐在一罐銅板旁。

「喂，妳！妳從哪裡找來這麼多銅板？」

「警察給了我這些銅板……因為損害的緣故……」

「什麼損害？親愛的，妳還好吧？」

「我是還好啦……可是人生計畫就不太好。」

媽媽怒氣沖沖的眼光，從她被糟蹋的白板上游移到牆上的那個洞，而從這個洞還能瞥見圍籬上的那個洞。

　　「是鄰居弄得。」我結結巴巴地說道，「他家的院子裡有一架飛機。在我忙著通知警察時，他過來把他的螺旋槳拿回去了。」

　　「一架飛機？這是怎麼一回事？早晚有人要付出代價的。我要打電話給我的保險公司。」

　　「已經打過了。一式兩份的事故申報單就在妳的書桌上。」

　　「好極了，親愛的。我們不能讓那個瘋老頭搞亂我們的人生計畫。才不呢！」

　　她把那個罐子遞給了我。

　　「明天中午休息吃飯時，妳把這罐銅板數一數。還有妳不用擔心，我什麼都記在腦袋裡，我會把人生計畫恢復原狀的！」

第二章

　　第二天，人生計畫的那一列列磁鐵又重新乖乖地排成了直線，一天接著一天，一週接著一週。鬧鐘才響起第一聲，我就從床上跳了下來；吃過早餐，刷過牙，梳了頭髮。我和媽媽道過再見後，便趕緊上樓回到房間，埋頭讀起我的數學課本。

　　我超專心的……直到有一架紙飛機降落在我的書桌上！我小心**翼翼**地把紙飛機攤開來，發現上面有一個金髮小男孩的圖像，還有下面幾行字：很久很久以前，有一位小王

子，他住在一個比他自己大不了多少的星球上，他需要一個朋友⋯⋯

「我心想說妳需要一個朋友，」一個聲音說道。「喂喔！在上面這裡！」

我嚇了一大跳，抬起雙眼，看見了那個頭戴飛行帽的鄰居，坐在他家的屋頂上，正在和我揮手。

「那只是故事的開頭而已。」他充滿歉意

地說道。

我當著他的面趕緊用力把窗戶關上。

才不要呢！他不可以每天都來打擾我用功。我可是有一份人生計畫要遵行的啊！

我把那架紙飛機扔進了垃圾桶，然後又專心地投入課業複習中。

　　吃完中飯後，按照預定計畫，我坐下來打算開始數那些黃色銅板。我把手深深探入那個罐子裡時，手指頭被刺了一下。唉唷喂呀！

　　我把罐子裡的東西倒在桌上清空，然後在黃色銅板中發現了一把金屬做成的迷你小劍、一顆沙漠玫瑰、一架迷你飛機模型和一個小塑像！那是個金髮的小小人兒，穿著綠色的衣服，和插圖上面的那個人異常地相

似……

　　我飛快跑去把那架紙飛機從垃圾桶裡撈出來，好搞清楚這究竟是怎麼回事。於是我又繼續讀了下去：我學會了開飛機。我差不多飛遍了世界各地，直到六年前在撒哈拉沙漠中遇到飛機故障為止。各位可以想像，天亮時分，當我被一個奇特而細小的聲音喚醒時，我會有多麼驚訝。

　　「拜託您……畫一隻綿羊給我！」

　　我又想起那
位戴著飛行帽的
老先生，他一定
就是這位飛行員
了……

第三章

　　我萬分好奇地下樓來到院子裡，然後，透過那個洞，把一隻眼睛湊過去看圍籬另一頭的狀況。有音樂聲傳來……那位老先生正在修理一架鏽得一塌糊塗的飛機引擎，嘴裡還哼唱著一首奇特的歌曲。砰！當我們的心發出怦怦聲！

　　我呢，倒是有點害怕發出砰砰聲的是他的引擎！但我還是躡手躡腳地走上前去……就在此時，他突然抬起頭來。

　　「啊！」看見我，讓他吃驚地大叫。

「啊！」我被嚇得尖叫起來。

他想要朝我走過來時，兩隻腳絆到了一根繩子……然後，咻地一張降落傘便在空中張開。那張超大的彩色帆布緩緩地落在我們頭上，活像一間飄浮在空中的小木屋。好美啊！我們倆同時笑了起來。這會兒給了我足夠的勇氣，把那架紙飛機遞給他。

「我想要把這個還給您。」

他隔著厚重的白鬍子對我微笑。

「妳不喜歡嗎？」

「喔，喜歡啊！可是……」

「所以呢？妳有問題要問？」

「對……首先，就是那個小男孩，沒有父母陪伴，一個人在沙漠中做什麼啊？」

「他是由遷徙的候鳥載著，從他的星球來到地球的。」

　　「可是人們從來沒有在太空中發現任何其他的生命形式啊。在任何星球上都沒有，您知道嗎？我在好幾本天文學的著作中都讀到這一點。」

　　「對啦，可是他啊，他是來自於 B612 號小行星。」

　　「嗯……我還沒有讀過任何關於小行星的事。」我承認道。

　　「然而最重要的，尤其可以證明小王子確

實存在過的一點，是他想要一隻綿羊。」飛
行員以一種非常認真的語氣表示。

　　「跟我來吧，我會給妳後面的故事。」

　　他讓我走進了他家，屋子裡堆滿積了灰塵
的書和一些奇奇怪怪的舊東西，活像個有點
神奇的巨型舊貨攤。他看見我驚訝得瞪大眼
睛，嘆了一口氣說道：

　　「啊！我所有的回憶都在這裡，妳知道
嗎？我活了長長的一輩子，然後又不喜歡丟
東西。」

我在一個書架上看到了一隻布做的小狐狸。我把小狐狸抱進懷裡。

　　「他啊，就是狐狸！妳可以留下他，他會告訴妳很多關於小王子的事，而且他和妳在一起會很快樂。咋，還有這個，這個也送給妳！」

　　他遞給我幾張紙，然後告訴我說：

　　「妳看看這隻我畫給他的綿羊。」

　　「可是這只是一個箱子啊……箱子上面還有洞！」

　　「沒錯。我畫了好幾隻綿羊給小王子，有一隻太老、一隻太病弱，後來我乾脆畫出這個箱子，告訴他說他要的綿羊就在裡面。然後，妳知道他的反應是什麼嗎？」

　　「不知道。」

　　「他說：這正是他想要的。他好高興，露出微笑，連頭髮都在沙漠的光線中散發出光

芒。」

「可是，他為什麼會來到地球尋找一隻綿羊呢？」我很驚訝地問道。

「因為他的迷你星球曾經遭受猴麵包樹的侵襲。他試過一點一點地把它們拔掉。只是，猴麵包樹的數量實在太多了！於是他就想要養一隻綿羊來吃掉樹苗。來吧，我們爬到屋頂上去看天空吧。」

飛行員讓我爬進了一架很古怪的升降器：我坐在一個用繩子吊著的舊輪胎上晃來晃去，在空中往上升……真是太神奇了！

一到屋頂，他凝望著地平線繼續往下說：

「小王子很愛日落。有一天，他連續看了四十四次日落。」

「那怎麼可能啊！」我反駁道。

「當然有可能。他的星球是那麼的小，他只要把椅子移動個幾公尺，就可以看一場日

落，然後又再看一場……這可是他唯一的消遣啊。他在他那顆小小的星球上好孤單啊。」

　突然間，我的手表鬧鈴響了起來。

　「謝謝您，先生。」我含含糊糊地說道，把那幾張圖畫和那隻狐狸緊緊夾在腋下。「不過我該走了。媽媽很快就要回來了！」

　「好吧！妳想要再過來的時候就過來吧！」

　我就這樣認識了飛行員。

第四章

　　我才剛剛回到家，媽媽就回來了。

　　「晚安，親愛的！怎麼樣，妳有沒有完成今天的複習計畫啊？」

　　「呃⋯⋯沒有全部做完。」我嘟嘟囔囔地說道。

　　「那妳做了什麼？」

　　「嗯⋯⋯我讀了很多東西，然後我還⋯⋯交了一個朋友。」

　　「天啊！妳不該讓這種事情分心的。我會試著從妳的人生計畫中釋出一些時間來給這

位……朋友。」

　　她大動作地把那些磁鐵移來移去，然後，突然以勝利者的姿態宣布：

　　「如果妳能一絲不苟地遵照這個計畫進行，就可以在明年夏天，七月六日星期四的下午一點到一點半之間見妳的朋友。」

　　我沒有回答一句話。晚餐時我也沒說什麼話，因為我想趕快上床睡覺。

　　一爬上我的床，懷裡抱著狐狸，我便打開了頭燈，偷偷地閱讀。

小王子的星球上並不是只有猴麵包樹的種子。

　　有一天，一顆不知從哪裡飄來的種籽發了芽。他有預感，覺得這棵嫩芽和其他的嫩芽不一樣，覺得會有某種奇蹟般的出現從中冒出來……這枝嫩芽沒完沒了的為自己梳妝打扮。她細心地挑選自己的顏色。她慢條斯理地穿衣服，她一片一片地調整自己的花瓣。是的！她非常愛漂亮！然後就這樣，在某天早上，玫瑰現身了。於是小王子情不自禁地表達了他的仰慕。

　　「您真是美麗啊！」

　　我想，我就是在讀到這裡時睡著的。生平第一次，我做了一個彩色的夢，夢裡充滿了綿羊、星星，還有玫瑰花。

第五章

　　我承認從這天開始，就有點拋棄了我的人生計畫。我把鬧鐘調到七點五十五分響，吞下早餐，仔細刷牙，然後和媽媽說再見……

　　等她一走，我就溜到鄰居家去。和他在一起時，都不會察覺到一天是怎麼過完的。晚上回到家，我會趕在媽媽回來之前，趕緊移動幾顆在我那個人生計畫上的磁鐵。

　　飛行員有好多東西可以給我看、有好多事情可以講！我們會花上整整好幾個小時玩耍、做夢、歡笑……我什麼事都可以和他說。

有一天，當我們在用放大鏡觀察草叢裡忙碌的螞蟻時，螞蟻讓我想到了那些在灰色街道上來來去去的大人。

　　「大人都好奇怪啊！」我嘆了口氣說道。

　　飛行員對我露出微笑，回答道：

　　「這個世界變得太過大人了。那些大人以為自己懂得重要的事，可是他們什麼都忘記了。這點讓我回想起小王子在來到地球前，曾經拜訪過的那些不同的星球。在其中一座星球上，他遇到一位商人，一位生意人，就

像我們有時候會用的稱呼。他在一大疊文件中，埋首數字，他數了又數，不停地重複說道：『我是一個認真的人，我是一個認真的人……』」

「我想我再也沒那麼想要長大了。」我坦言道。

「問題並不是出在長大，而是出在忘記。」他解釋給我聽，「像我啊，我就有辦法長大，卻從來不曾忘記小王子。而且我希望他也一樣不會忘記我。」

「您是很令人難忘的。」我向他保證道。

這句話讓他笑了。

又有一天，飛行員教會我怎麼操縱他那張土耳其藍色的風箏。看著風箏在空中轉圈圈，真是件很好玩的事！不過，當風箏卡在樹枝上的時候，我就不得不爬上樹頂去把風箏拿下來。

「我好害怕！」我用顫抖的聲音說道。

「會害怕很正常，因為真的很嚇人啊。來吧，妳就快到了！」飛行員鼓勵我說。

我伸出手，想要抓住繩子……

「我抓到了！」我大聲喊道。

「太棒了！」

就在這時候，我失足滑了下來！

飛行員努力試著要接住我，但我還是一路滾到了樹下。他扶我站起來，一面驚呼道：

「哇！摔得多可怕！我都快嚇死了。」

他為我消毒傷口。因為會有些刺痛，他便在傷口上吹了幾下。疼痛馬上煙消雲散。

「好一點了嗎？」他問道，接著把狐狸放進我懷裡。

　　我把狐狸緊緊抱在心上。

　　「好多了。」

　　飛行員在我對面坐了下來，然後緩緩地跟我講起小王子的故事後續，他剛剛來到了地球。

　　他穿越沙漠、岩石和雪地，走了很久之後，發現了一座玫瑰花園。

　　「你好！」那些玫瑰說道。小王子望著她們。她們全都長得和他的花兒十分相似。他感到非常難過。她曾經告訴過他說，她是全宇宙中唯一的一朵玫瑰花。而現在，單單

這座花園就有五千朵和她一模一樣的玫瑰花！於是，他趴在草地上，哭了。

　　就在這時候，狐狸出現了。小王子是那麼的傷心，便要求狐狸和他一起玩。可是狐狸給了他一個很奇特的答覆：「我不能和你一起玩，因為我還沒被馴服。」然後狐狸解釋給他聽，「馴服是一件太常被忽略的事。意思就是『建立關係』。對我來說，你還只不過是一個小男孩，和其他成千上萬的小男孩沒有兩樣。我不需要你，你也一樣不需要我。

但是，如果你馴服了我，我們就會彼此需要了。對我來說，你會是世界上獨一無二的。對你來說，我也會是世界上獨一無二的……」

「就像那朵玫瑰對小王子那樣啊！她也一樣，把他給馴服了！」我大聲喊道。

「一點也沒錯。然後狐狸又告訴他這段話：『就是你為你的玫瑰所花去的時間，才讓你的玫瑰變得那麼重要。』」

小王子應該要回到她身邊：他對玫瑰有責任。所以如果狐狸會哭，那也沒關係……因為他被馴服了，他永遠都會記得這位小王子，就因為小麥的顏色。在離開之前，狐狸在他耳邊悄悄說了他的秘密：「只有用心才看得清楚。重要的東西用眼睛是看不見的。」

第六章

　　隔天，一等媽媽出門，我就跑到飛行員家去了。我為那隻被單獨留下的狐狸感到難過。我沒有搞懂那個小麥的故事。

　　飛行員跟我解釋道：

　　「狐狸永遠都不會忘記小王子。因為他看到麥田就會想到他，金色的麥子就像小王子的頭髮在風中起伏擺動。」

　　我一副無精打采的樣子，於是飛行員又說了一遍他的祕密。

　　「只有用心才看得清楚。重要的東西用眼

睛是看不見的。」

　　「如果妳有辦法做到這一點，那妳就永遠不會孤單。」

　　「可是我並不孤單啊。我有您啊，我有您！」

　　「對啊，我的運氣真好。總算有人對我的故事產生了興趣！妳來得剛剛好！」

　　我皺起眉頭，懷疑地問道：

　　「什麼叫做剛剛好？」

　　他有些尷尬，輕輕咳了一聲。

「嗯……早晚有一天，我們還是必須要和對方說再見的。」

「什麼？您要走了？」我大叫起來。

「如果我有辦法讓我的老破飛機發動起來的話……是時候了，我該去找小王子了。我再也不年輕了，妳知道嗎。」

「可是我需要您啊！至於他，他有他的玫瑰啊！」

因為我的眼睛裡含著兩汪淚水，他便提議說：

「喂，妳餓了嗎？我知道有家咖啡店會在妳生日那天免費贈送可麗餅。」

「可是離我的生日還有兩個星期啊！」我反駁道。

「這點他們不需要知道啊！」他這麼下定論。

我們坐上了他的車子。車子的狀況比飛機

的狀況還要糟……

「你最近一次開車是什麼時候的事了？」

「喔，我記不得了……開車這種事是不會忘記的，就和開飛機一樣！」

他打開收音機。長在後車箱隔板上的花兒，隨著一首夏威夷音樂的節奏舞動。車開得很緩慢，因為飛行員的眼睛看不太清楚。

經過路尾「停」的交通標誌時，他甚至沒減速，就開了過去。隨即響起一陣警笛聲：

「請您停車！」

一個急轉彎，然後咻地，我們就開上了人行道，撞進了垃圾桶！飛行員低聲問道：

「妳不會剛好有駕駛執照吧？」

「呃⋯⋯沒有耶⋯⋯」

　　警察要求他搖下車窗。

　　「您又把這坨廢物給開出來了？」他訓斥
道。

　　「好像確實是如此嘍。」飛行員嘟噥說
道，尷尬得要命。

　　我試著介入。

「您好，警察先生。您知道嗎，今天是我的生日，所以啊……」

一點用也沒有。那位警察把車子停好後，就把我送回家去，然後打電話給我母親，讓她像瘋婆子似地從辦公室趕回來。

「馬上給我進屋去！」她命令道。

她在我面前站定，雙手握拳叉在腰上。

「根據妳的人生計畫，妳應該還在床上，從昨天早上睡到現在。實際上，妳卻是和妳的『朋友』跑去兜風，而且他還根本沒有駕駛執照。」人家早就吊銷了他的駕照，在他第四次把加油槍管留在油箱孔就開車、而將加油站的加油槍給扯下來時。

我用手摀住嘴，好讓自己忍住不咯咯笑出聲來。

「妳還覺得好笑？妳有可能會送命耶！」她破口大罵，「妳對警察說謊，妳對我

說謊……妳甚至還對妳的人生計畫說謊！」

　　我聳了聳肩。

　　「那不過只是一堆灰撲撲的磁鐵罷了，但對妳而言，它卻比我還要重要！」

　　「才不呢，就是因為妳對我來說很重要，我才會做出這些東西啊。」她強調，「這塊板子，就是妳的人生！這就是妳啊，親愛的。」

　　聽到這句話，我生氣了。我大喊：

　　「不，那不是我！那是妳眼中的我的人

生！妳不可能明白我的人生，妳從來都不在場！」

　　媽媽僵住了。

　　「我聽夠了，小姐。別再說蠢話了。」

　　她把狐狸和那篇小王子的故事丟進垃圾桶，同時宣布：

　　「妳還有兩個星期才開學，這兩個星期可以讓妳專注在重要的事情上。」

第七章

　　我一言不發地衝回房間。入夜後，我踮著腳尖悄悄溜下樓去，把故事和狐狸從垃圾桶裡撿回來。然後再以最快的速度跑回樓上。躲在被單底下，就著我的頭燈，狼吞虎嚥地讀完接下來的故事，著迷不已。飛行員和小王子快要渴死了，他們穿過沙漠去尋找一口井。

　　到了早上，我已經下定決心：我想和飛行員一起走。我帶著我的行李，走去敲飛行員家的門，宣布說：

　　「我們去找一口井吧！」

　　飛行員的樣子看起來很疲憊。他非常尷尬，結結巴巴地說道：

　　「妳聽我說……我錯了，不該把妳扯進這個故事裡。妳不可以再來這裡了。」

　　「好啊，」我回答他。「這是我最後一次來。」

　　「這話怎麼說？」

　　「我們去發動那架老破飛機！」我衝向那架飛機。「如果您有辦法在沙漠中找到一口井，我們就應該有辦法再找到小王子！」

當我將行李舉起想放進那架飛機時，飛行員脫口說道：

　　「不行，我要一個人走。等時間到了的時候。」

　　「可是為什麼呢？」我喊道，「我會縮得很小，不會占多少空間的。」

　　他搖搖頭。

　　「問題不在那裡。不過妳坐下來，是時候了，我該和妳說說這個故事的結局了。」

　　第二天，總算修好了我的飛機後，我去找小王子。他坐在一道矮牆上，正在和某個我看不見的人說話。我只聽見幾句話：「你有好的毒液嗎？你確定不會讓我痛苦太久？」我看見地上閃了閃，一條蛇鑽進了沙裡。我嚇壞了，跑向小王子……他面色蒼白，平靜地對我說：「你就可以回家了。我也一樣，不過我回家的路比較困難……」他的眼神很嚴

肅，凝視著遙遠的地方。「今夜，我的星星會剛好出現在我去年掉落地點的正上方……」他想要回到他的玫瑰身邊，他對他的玫瑰有責任。我們凝望著星星時，他又說，「我要送你一個禮物……當你望向天空時，因為我住在其中的一顆星星上面，因為我會在這顆星星上笑，所以對你來說，會好像所有的星星都在笑。」在我睡著時，他無聲無息地離開了。等到我追上他的時候，事情已經發生了。就只有一道黃色的閃光出現在他的腳踝邊。他一動也不動地駐足片刻。他沒有喊叫。他緩緩地倒下，就好像一棵樹倒下那樣。因為是沙地上的緣故，他倒下時，甚至沒有發出絲毫聲響。

　　飛行員的雙眼深深地望進我的雙眼。我忍住淚水。

　　「他回去他的星球了？回去見他的玫瑰了？」我聲音沙啞地問道。

　　「對，他是這樣告訴我的。從此，當我望著星星時，都會聽見他的笑聲。」

　　「可是您對這個結局並不是很確定。」

　　「沒錯，但是我選擇相信他回到了那上面。」

　　我一點也不喜歡這樣的結局。我怒不可

抑。

　「所以，您要我在您走後做的事情就是這樣？要我看著星星，假裝相信您永遠在那裡、在某個地方？」

　「如果妳用心去看，妳會看見我就在那裡。就像我一樣，我知道小王子在那上面，和他的玫瑰在一起。」

　「那麼要是他一個人孤伶伶的又迷了路，怎麼辦？萬一他長大了而且什麼都忘記

了呢？」

　「妳別擔心，他並沒有忘記……小王子會永遠在那裡幫助我們的。」

　我怒氣沖沖地跳了起來。

　「我才不管咧！我討厭小王子。我因為他，還有這個愚蠢的故事，浪費了整個暑假。」

　我是那麼的氣憤，氣到我把狐狸和那些花都丟了。甩上門，帶著我的行李離去。

第八章

　　那之後，日子一天天過去，灰濛濛、下著雨又陰鬱的日子。我每天起床、梳頭、坐在書桌前，按照我的人生計畫，生吞活剝地嚥下好幾頁又好幾頁的算術或歷史。

　　開學的前天晚上，當我正努力讓自己背下一串沒完沒了的日期清單時，一陣閃動的微光吸引了我的視線。透過窗戶，看見有人正在搬運躺在擔架上的飛行員！我慌了，隨即跨上腳踏車追在救護車後面，一路追到了醫院，可是他們不願意讓我進去。

媽媽試著用她的方法來安慰我。

　　「他們會好好照顧他的。至於妳，妳應該要繼續專注在重要的事情上。明天是個大日子。」

　　只是她的重要之事並不是我的重要之事。而且我根本無法闔眼。一定要幫助飛行員啊！要做到這件事，我需要小王子。

　　一等到媽媽睡著，我就溜進了隔壁的院子裡。那架飛機在月光下閃閃發亮，完美地

修復了。我在飛機裡找到了完整的故事和狐狸，還有飛行帽。所有我需要的東西都在這兒。

　　我把飛行眼鏡往下拉到我的鼻梁上，然後把那一整捆紙張遞給狐狸，他很寶貝地用小爪子緊緊抱住。

　　「準備好要起飛了嗎，副駕駛？」

　　然後我發動了飛機。飛機輕輕咳了一陣，又稍稍吐了一下，然後螺旋槳終於開始轉動。我拉起操縱桿……我們飛了起來，在天

　空中飛得好高、好高⋯⋯高到置身在一片徹
底的黑暗中，一顆星星也沒有。

　　我把眼睛貼在望遠鏡上，突然間，看到
遠方有一點微微的亮光，那是一座奇特的星
球，到處聳立著灰色的大樓。星球上的所有
居民都在往四面八方亂跑。所有人皆如此，
除了一個人之外。高高站在一棟大樓的屋頂
上，這個穿著綠衣服、一頭金髮的身影，在

那裡一動也不動。

「小王子！」我低聲說道。「狐狸，那個就是他！注意，我們要降落了！」

我成功地把飛機降落在建築物之間，並沒有造成太大的混亂。看見我朝他走過去，那位金髮的年輕男子皺起了眉頭。這個人真的是小王子嗎？他長大了好多啊……我走近他，然後看清楚他制服上的名牌，「王子先

生」。

「你好啊，小王子！」我向他喊道。

「我並不小，」他回答道，「我負責通煙囪。這是一份重要的工作。」

他兩隻眼睛睜得圓圓地盯著我看。他看似甚至都沒有認出狐狸。

「可是您在這裡做什麼啊？」我問他，「飛行員需要您。還有您的玫瑰……」

白費力氣，他什麼都不記得了。

在他的星球上遇到了像我這樣的一個孩子，讓他似乎很擔心，然後他提議要帶我去見他的老闆，他是個有權有勢的人，一定有辦法幫助我。不過當他的老闆，也就是那位商人，見到我的時候，他的眼睛像金幣般地閃閃發亮。

「一個孩子！」他吼道，「我的星球上禁止有孩子。孩子沒有用。而沒有用的東西就

是在浪費錢。幸好，我的重要化機器會讓您
長大，並且讓您變重要。」

　　太可怕了！在這個星球上，不再有絲毫空
閒，也沒有半點快樂。所有被認定為多餘的
東西，都會被轉變為重要（必要）的東西：
迴紋針，而我就要受到一樣的處置了！

　　他把我綁在一張椅子上。一些機器手臂就
要拉扯我、揉捏我，把我轉變成大人。多麼

恐怖啊！

「救命啊！」我高聲尖叫。

王子先生不敢介入。而狐狸他呢，則是從那堆迴紋針裡撿起一根，他把迴紋針卡進機器的齒輪裡，以阻止機器運轉。在一陣巨大的轟隆聲響中，一切都停了下來，然後我才得以從這架地獄般的機器中逃脫出來……

那些大人在商人的率領下開始追捕我們，大夥兒全都怒氣沖沖的。

　　飛機被扔在一堆被認定為多餘的東西上，一個巨大的鉗子把飛機給夾住了……要是我們動作不再快點，這架飛機也會被變成迴紋針的！我握住王子先生的手，拉著他和我們一起走。他一面跑、一面氣喘吁吁地說：

　　「我撿到這個東西。我不知道它是什麼，不過它對我好像很重要。」

　　他揮舞著那張綿羊在箱子裡的畫。我大聲喊道：

「裡面是您的綿羊！」

「什麼叫做我的綿羊？」

突然間，他僵住了，伸出一根手指頭。

「我記得……這些東西……」

我瞪大了眼睛。在我們眼前聳立著一個巨大的玻璃球，裡面囚禁著超大堆的星星。

「和您的 B612 號小行星一樣的星星！」我解釋道，「一定要釋放它們。」

迷失在思緒裡的王子先生喃喃說道：

「星星很美，是因為有一朵我們看不見的花兒……」

「您的玫瑰！您的玫瑰才是最重要的！她在您的星球上等待著您。」

「我有一朵玫瑰？」他結結巴巴地說道，震驚不已。

他開始恢復記憶了……

當我們爬上那些多餘東西堆成的山時，我發現了一把劍，和小塑像的那一把很相似。

我揮舞這把劍，以擊退商人和其他追捕我們的人。

　　飛機就在眼前，非常近了，只是懸掛在空中。我握住王子先生的手，和狐狸一起跳出去……好險！我們不偏不倚地落在駕駛艙裡。飛機繞著那顆裝滿星星的玻璃球盤旋，速度愈來愈快。

　　我用劍砍下去，打破了玻璃，好將星星釋放出來。

商人在下面大發雷霆。

「我的星星！這些星星屬於我！我用他們來供給能源給這個星球，因為他們在天空中是沒有用的！」

我抓住操縱桿，然後遠遠飛離了這座瘋子的星球！遠遠、遠遠地飛進了一個布滿星星的天空……

後 記

　　看見 B612 號小行星的時候，我忍住沒有喊出聲來。

　　「那些猴麵包樹已經侵略了整個星球！幸運的是您的玫瑰花還在。」

　　「我的玫瑰花！」王子先生喃喃說道，非常激動。

　　我們一降落，他便在玫瑰花旁跪了下來，然後掀開玫瑰花的玻璃罩。可是玫瑰花乾枯的花瓣卻掉落下來，化為了塵埃。

　　「喔，不！我很抱歉。」我啜泣起來。

「您失去了您的玫瑰花。而我呢，也會失去飛行員……」

　　突然，就在最初的幾道陽光輕輕撫上他的臉龐之際，王子先生恢復了孩子的樣貌，他又變回了穿著綠色衣服的小王子。他伸出一根手指頭，放在我的唇上，然後指引我望向那無盡的太空。

　　然後我看到了……

　　「玫瑰！」

　　天空染上了玫瑰花瓣的顏色。小王子握住我的手，在我耳邊輕輕說道：

　　「那不是一朵平凡的花兒，那是我的玫
瑰。而且我記得她，我記得一切。只有用心
看才看得清楚。」

　　我和狐狸一起坐上飛機，再次出發，飛
機由遷徙的候鳥拉著。我可以回去找飛行員
了。我找到了小王子，而小王子也找到了他
的玫瑰！當我離開他的小行星時，聽見他的
聲音迴盪在太空中。

　　「和飛行員說我沒有忘記他！尤其是
妳，也不要忘記！」

　　「我會告訴他的。而且我什麼也不會忘

記的。說到做到！」

　　我在偉爾特學院的第一天，讓大家對我

留下了深刻印象，拜我對小王子故事所做的
口頭報告之賜（也多虧了藏在我書包裡的狐
狸）。

　　但我還是迫不及待地期盼下課。因為，放
學後，媽媽要載我去醫院。飛行員恢復了氣
色，他覺得好多了。我怯生生地靠近他，把
我的大作放在他床上。

　　「喔，我的故事！妳把它裝釘起來了！妳

把它變成了一本真正的書！」

　　他把我緊緊抱在懷裡，拭掉我臉頰上的一顆淚珠，然後喃喃說道：

　　「如果我們讓自己被馴服了，就會有流淚的風險啊……」

高寶書版集團
gobooks.com.tw

RR 015
小王子電影書　夢想版
Le Petit Prince

原　　著　安東尼·聖修伯里（Antoine de Saint-Exupéry）
譯　　者　賈翎君
編　　輯　林俶萍
校　　對　李思佳·林俶萍
排　　版　趙小芳
封面設計　林政嘉

發 行 人　朱凱蕾
出　　版　英屬維京群島商高寶國際有限公司台灣分公司
　　　　　Global Group Holdings, Ltd.
地　　址　台北市內湖區洲子街88號3樓
網　　址　gobooks.com.tw
電　　話　(02) 27992788
電　　郵　readers@gobooks.com.tw（讀者服務部）
　　　　　pr@gobooks.com.tw（公關諮詢部）
傳　　真　出版部 (02) 27990909　行銷部 (02) 27993088
郵政劃撥　19394552
戶　　名　英屬維京群島商高寶國際有限公司台灣分公司
發　　行　希代多媒體書版股份有限公司/Printed in Taiwan
初版日期　2015年10月

The Little Prince
Credits
ON ANIMATION STUDIOS PRESENTS "THE LITTLE PRINCE"
BASED ON "LE PETIT PRINCE" BY ANTOINE DE SAINT-EXUPERY
MUSIC BY HANS ZIMMER & RICHARD HARVEY FEATURING CAMILLE
LINE PRODUCERS JEAN-BERNARD MARINOT CAMILLE CELLUCCI
EXECUTIVE PRODUCERS JINKO GOTOH MARK OSBORNE
COPRODUCER ANDREA OCCHIPINTI
PRODUCED BY ATON SOUMACHE DIMITRI RASSAM ALEXIS VONARB
A ORANGE STUDIO LPPTV M6 FILMS LUCKY RED COPRODUCTION
INTERNATIONAL SALES ORANGE STUDIO WILD BUNCH
HEAD OF STORY BOB PERSICHETTI
ORIGINAL SCREENPLAY BY IRENA BRIGNULL & BOB PERSICHETTI
DIRECTED BY MARK OSBORNE
Based on the movie « The Little Prince » directed by Mark Osborne
©2015 – LPPTV – Little Princess – On Ent. – Orange Studio – M6 films – Lucky Red

國家圖書館出版品預行編目(CIP)資料

小王子電影書　夢想版／聖修伯里
（Antoine de Saint-Exupéry）著；
賈翎君 譯. -- 初版. -- 臺北市：高寶
國際出版：希代多媒體發行, 2015.10
　面；　公分. -- (Retime: RR 015)
譯自：Le Petit Prince
ISBN 978-986-361-219-3(平裝)
876.57　　　　　　　　104020489